RUMPELSTILTSKIN

A MI MADRE.

Traducción de Cristina Aparicio
Diseño de cubierta y diagramación electrónica de Alexandra Romero Cortina

Título original en inglés:
RUMPELSTILTSKIN
Versión de Marie-Louise Gay

Una publicación de Groundwood Books Limited., Canadá, 1997.

A.A. 53550, Bogotá, Colombia.

Impreso por Graficsa
Carrera 64 No. 77-36 Bogotá
febrero 2001
Impreso en Colombia - Printed in Colombia

ISBN: 958-04-5091-9

Los Hermanos Grimm

Versión de Marie-Louise Gay

GRUPO EDITORIAL norma
Barcelona, Bogotá, Buenos Aires, Caracas, Guatemala, Lima, México, Miami,
Panamá, Quito, San José, San Juan, San Salvador, Santiago de Chile.

Había una vez
un molinero muy pobre
que tenía una hija
muy hermosa.

UN DÍA

fue a hablar con el rey y le dijo con orgullo que su hija podía hilar paja y convertirla en oro.

El rey le dijo al molinero:
-Si tu hija es tan hábil como dices, tráela a mi castillo mañana para que ella lo demuestre.

CUANDO la hija fue llevada ante el rey, él la condujo a una habitación llena de paja y le dio una rueca y un huso.

-Ahora, ponte a trabajar -le dijo-, y si al llegar la mañana no has convertido la paja en oro, morirás.

Y cerró la puerta y la dejó allí sola.

La pobre hija del molinero se quedó allí sentada. Y como no sabía hilar paja y convertirla en oro, su aflicción fue tal que empezó a sollozar.

De repente la puerta se abrió y apareció un hombrecito.

-Buenas noches, hija del molinero. ¿Por qué lloras?

-¡Oh! -respondió la joven-. Tengo que hilar paja y convertirla en oro y no sé cómo.

-¿Qué me darás si yo la hilo por ti? -preguntó el hombrecito.

-Te daré mi collar -le dijo la joven.

El hombrecito tomó el collar, se sentó delante de la rueca y ¡fiuu, fiuu, fiuu! Con tres vueltas, llenaba un carrete. Luego tomaba otro carrete y ¡fiuu, fiuu, fiuu! Tres vueltas y lo llenaba.

Así siguió hasta que amaneció, hiló toda la paja y llenó todos los carretes de oro.

Por la mañana, cuando el rey entró y vio el oro, se asombró y se puso muy contento, pues era un hombre extremadamente codicioso.

LLEVÓ A LA HIJA

del molinero a otra habitación llena de paja.
Era mucho más grande que la primera,
y le dijo que si apreciaba su vida,
debía hilar toda la paja y convertirla en oro
en una noche.

Como la joven no sabía qué hacer, empezó a llorar.
La puerta se abrió y el hombrecito apareció.

-¿Qué me darás si hilo la paja y la convierto
en oro? -preguntó.

-Te daré mi anillo -respondió la joven.

El hombrecito tomó el anillo y empezó de nuevo a hacer girar la rueca.

A la mañana siguiente, toda la paja estaba convertida en oro resplandeciente.

Al ver el oro, el rey se puso absolutamente feliz, pero todo el oro no le era suficiente. Así que llevó a la hija del molinero a una habitación más grande aun, llena de paja.

-Esto también debes hilarlo en una sola noche -le dijo-, y si lo logras, serás mi esposa.

Aunque sólo era una hija de molinero, él pensó que no podría encontrar a alguien más rico en toda la tierra.

TAN PRONTO COMO LA JOVEN estuvo a solas, el hombrecito apareció por tercera vez.

-¿Qué me darás ahora si hilo la paja por ti? -preguntó.

-No me queda nada para darte -respondió la joven.

-Entonces debes prometer darme el primer hijo que tengas cuando seas reina -le dijo el hombrecito.

"Quién sabe si eso sucederá", pensó la joven, así que hizo la promesa. Él comenzó a hilar hasta que convirtió toda la paja en oro.

Por la mañana, cuando el rey vino y vio que todo se había hecho de acuerdo a su deseo, ordenó que la boda se celebrara cuanto antes, y la hija del molinero se convirtió en reina.

AL CABO DE UN AÑO,

ella tuvo su primer hijo, y nunca más se acordó del hombrecito. Pero, de repente, un día él apareció en el jardín.

-Vengo por lo que me prometiste -le dijo.

La reina estaba horrorizada. Le ofreció todas las riquezas de su reino a cambio de su hijo.

-No -le dijo-. Prefiero tener a tu hijo en vez de todos los tesoros de la tierra.

Entonces la reina empezó a llorar y el hombrecito se compadeció de ella.

-Te daré tres días -le dijo-. Si al cabo de ese tiempo no puedes adivinar mi nombre, deberás entregarme a tu hijo.

La reina pasó la noche entera pensando en todos los nombres que conocía. Envió a un mensajero por toda la tierra, a lo ancho y a lo largo, en busca de todos los nombres que pudiera conseguir.

Cuando el hombrecito llegó al día siguiente, ella le repitió todos los nombres que sabía, empezando por Gaspar, Melchor y Baltazar. Leyó toda la lista, pero después de cada nombre el hombrecito decía: "Ese no es mi nombre".

Al segundo día,

la reina envió al mensajero a averiguar los nombres de todos los siervos, y ella le leyó al hombrecito los nombres más insólitos.

-¿Tal vez te llamas Costillitas? -preguntó ella-. ¿O Pernil de Cordero, o Zanquivano?

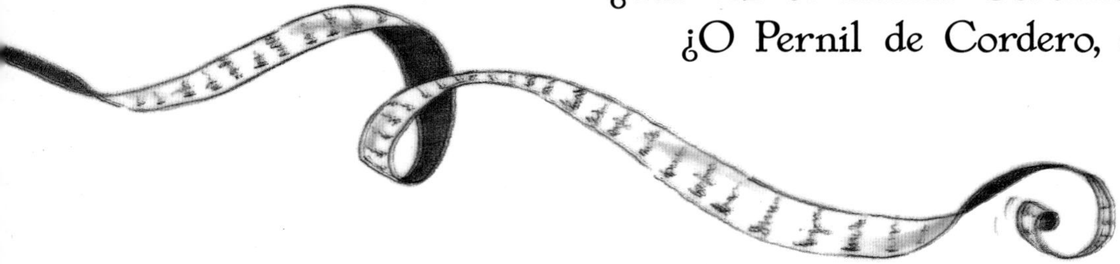

Pero él siempre respondía lo mismo: "Ese no es mi nombre".

AL TERCER DÍA,

el mensajero regresó de nuevo.

-No he podido encontrar ni un sólo nombre nuevo -le dijo-. Pero al pasar por el bosque, llegué a una montaña alta y cerca de allí había una casita. Al frente de la casita había una hoguera y alrededor de la hoguera danzaba un hombrecito cómico que saltaba en una pierna y gritaba:

"Hoy haré pasteles, mañana cocinaré
y pasado mañana al hijo de la reina traeré.
¡Oh! Cuánto me alegra que nadie sabrá
que mi nombre Rumpelstiltskin es en realidad".

YA SE PUEDEN IMAGINAR

la felicidad de la reina al oír esto. Al poco tiempo entró el hombrecito.

-Ahora, Señora Reina -le dijo-, ¿cuál es mi nombre?

-¿Te llamas Jacobo? -preguntó.

-No -respondió.

-¿Te llamas Javier? -preguntó.

-No -respondió.

Luego ella dijo:

-Entonces, quizá tu nombre es...

-¡El demonio te lo dijo! -gritó el hombrecito, y en su furia, golpeó el piso con el pie derecho con tal fuerza que se hundió hasta la rodilla. Luego tomó su pie izquierdo con ambas manos con tanta furia que se partió por la mitad, y ese fue el final del hombrecito.

TSKIN!!